U0929001

闻一多与他的诗

闻一多 著

山东城市出版传媒集团 · 济南出版社

图书在版编目（CIP）数据

闻一多与他的诗 / 闻一多著. -- 济南 : 济南出版社，2017.11（2021.7重印）

（读诗吧）

ISBN 978-7-5488-2866-2

Ⅰ. ①闻… Ⅱ. ①闻… Ⅲ. ①诗集－中国－现代 Ⅳ. ① I226

中国版本图书馆 CIP 数据核字（2017）第 286421 号

出版人 崔　刚
责任编辑 李建议　雷　蕾
责任校对 陈　荻
装帧设计 李梦肖
出版发行 济南出版社
地　　址 济南市二环南路 1 号
编辑热线 0531-67883204
发行热线 0531-86131728　86922073　86131701
印　　刷 阳信龙跃印务有限公司
版　　次 2017 年 11 月第 1 版
印　　次 2021 年 7 月第 2 次印刷
成品尺寸 150mm×230mm　16 开
印　　张 8.75
字　　数 100 千
印　　数 1—10000 册
定　　价 35.00 元

Preface——编者记

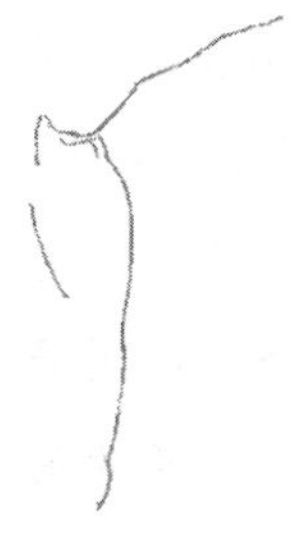

诗歌在中国历史上源远流长，绵延数千年，它犹如一颗颗璀璨的星，为你照亮过去，你可以肆意地徜徉在诗歌的长河中，感受世间美好。早在西周至春秋时代，我国诗歌就已产生了大批辉煌篇章，从先秦时期的《诗经》、战国后期的楚辞（骚体）、汉代的“乐府”诗，到诗歌黄金时代的唐诗宋词，一句句、一首首，无不诉说着诗人的家国情怀，或壮志凌云，或豪气冲天，或委婉悠扬，又或者更像是某人的细细耳语。诗人其实是告诉我们在人生成长道路上“勿忘初衷”，别忘了自己曾有一颗纯真“诗心”。

其实每个人的身体里都住着一个爱读诗的灵魂，只是我们在忙碌中总将它遗忘。《读诗吧》系列读物存在的意义就是为了唤醒国人沉寂已久的“诗魂”，就像央视节目《中国诗词大会》命题人之一方笑一先生在节目结束后说：“诗词的盛宴终将散去，激烈的比赛终将落幕，接下来正是翻开书卷，静心读诗的时候了。”

自1917年开始，《新青年》发表胡适的《白话新诗八首》作为中国新诗的开端，新诗的发展已有百年。自此以后与古体诗相对应的新诗这一诗歌形式便不断发展，形成了不同的诗歌流派，按照新诗发展的历史，我们邀请相关专家精选我国现当代文学史上具有巨大影响力的诗人的代表作，凝聚成《读诗吧》系列。我们怀着一份敬畏、一份使命，希望将这些经受住一次次严格的检验和磨洗之后的作品传承下来。

首先，我们精选了胡适、闻一多、戴望舒、徐志摩、林徽因等七位新诗诗人的经典名作。优中选优，为读者奉上第一季的书目。

其次，本套丛书将按照“诗人与诗”的编写体例，摘录诗人的生平资料，选用诗人各时期珍藏的图片，置入书中，与所选诗篇形成呼应和对比，让读者更近距离地了解诗人和理解诗歌内容。

再次，为丰富读者多层次的阅读需求，加入“朗读者”，邀请专业配音人员，以诗配乐朗读的形式呈现部分经典名篇，扫描二维码即可收听。并在书末加上了“诗抄”，形成了可读、可听、可写的新型诗集读本。

希望《读诗吧》能成为现代社会一股清流，充当起心灵导师的作用，并引导我们重新审视自己的生活，看看我们是否距离经典、距离文字太远了？

文字的力量，久违了。就让我们在一个慵懒的午后，看庭前花开花落，望天上云卷云舒，泡一杯陈年普洱，相约《读诗吧》，重新体会它、感受它……

目
Contents
录

关于 诗人

关于 诗

闻一多

Wen
Yi
Duo

关于 诗人

闻一多：赤子之心，与世偕存

贾玉玲/文

每当提起“闻一多”这个名字，大家都会想到很多相关的词：清华、新月诗派、知识分子、西南联大、民主斗士……在中国现代文学史上面，他以一个复杂却又充满代表性的形象存在。他本是一个学者，应该过“一心只读圣贤书”的生活，然而最终却卷进政治，从一名诗人变成一个战士。梁实秋在《谈闻一多》中说：“闻一多短短的一生，除了一死轰动中外，大抵是平静安定的，他过的是诗人与学者的生活，但是对日抗战的爆发对于他是一个转捩点，他到了昆明之后似乎是变了一个人，于诗人学者之外又成了当时一般时髦人士所谓的‘斗士’。”

闻一多，1899年11月24日出生于湖北浠水，出身乡绅之家，父亲是清朝的秀才，母亲是大家闺秀。少年的闻一多接受了中国传统的私塾式教育，熟记“四书五经”。1912年十三岁的闻一多，顺利考入清华大学，开始人生中新的旅程。在清华园中，校园采用美国化的管理方式，自由和民主的氛围使闻一多积极投身校园活动：参与《清华周刊》的编辑、最早加入清华学生会，等等。

闻一多的故乡——湖北省浠水县。

闻一多出生在湖北省浠水县巴河镇望天湖畔闻家铺子村，浠水闻氏是一个处于上升阶段的封建地主家族，非常重视通过科举获取功名。因此，闻一多5岁入私塾，学习四书五经，学习很用功，得到父亲的大力赞扬。

1919年，五四运动爆发，闻一多受到极大的影响和震撼，尤其是20世纪40年代他的民主道路和思想，与此有很大的关联。1922年7月，闻一多赴美国留学，先后学习艺术与文学，后于1925年6月回国。回国后，闻一多先到了上海，在那里受到了洪深和欧阳予倩的热情接待，他们劝他留在上海，但是因为对北京的眷恋，他谢绝了他们的好意，还是回到北京，先后在北京艺专、武汉大学、青岛大学、清华大学等校任教。在随后的10年里，从他27岁，直到抗战爆发之前，闻一多度过了他一生之中最愉快的教授生活。这十几年的生活，是闻一多一生当中最平静的时期，也是在这段时间内，他完成了一生中差不多所有最重要的诗歌和学术研究。

闻一多1919年开始写作新诗，1920年起在《清华周刊》上发表诗歌作品。1923年9月出版第一本诗集《红烛》，收录了他的早期诗作103首，分别编为“李白篇”“雨夜篇”“青春篇”“孤雁篇”“红豆篇”五组。前三组写于在清华读书时候，后面两组则为留美初年所作。序诗《红烛》托物言志，借蜡烛燃烧自我以创造光明，来象征诗人为祖国、为理想而献身的抱负。诗人誓言：愿燃烧的红烛能“烧破世人底梦，烧沸世人底血——也救出他们的灵魂，也捣破他们的监狱!”这种为理想而献身的精神，可以说已成为闻一多的根本生活态度，贯穿于他一生。它同样体现在闻一多对待艺术的态度上。

1923年，新月社在北京成立。它的重要成员闻一多、徐志摩等人都强调格律诗，闻一多的《诗的格律》可以看作是这个诗派的理论纲领，既批评了初期新诗膜拜“自然音节”的庸俗写实主义倾向，也反对了一味“自我表现”、听任感情泛滥的极端浪漫主义倾向，认为“绝对的写实主义便是艺术的破产”，而感情则应该受到理性的节制。同时，提出了律诗的“三美”原则：音乐美（音尺、平仄、韵脚）、绘画美（辞藻乃至色彩）、建筑美（节的匀称、句的均齐）。闻一多不仅认真提出有关格律诗的一系列理论见解，而且还以自己严谨的创作实践来检验和参证自己的理论。

闻一多的真正代表作是1928年1月出版的诗集《死水》，共收诗作28首，它在新诗史上具有里程碑的意义，在这些新的格律诗中，诗人最满意的是《死水》。

这是一沟绝望的死水，
清风吹不起半点漪沦。
不如多扔些破铜烂铁，
爽性泼你的剩菜残羹。

也许铜的要绿成翡翠，
铁罐上锈出几瓣桃花；
再让油腻织一层罗绮，
霉菌给他蒸出些云霞。

让死水酵成一沟绿酒，
漂满了珍珠似的白沫；
小珠们笑声变成大珠，
又被偷酒的花蚊咬破。

那么一沟绝望的死水，
也就夸得上几分鲜明。
如果青蛙耐不住寂寞，
又算死水叫出了歌声。

这是一沟绝望的死水，
这里断不是美的所在，
不如让给丑恶来开垦，
看它造出个什么世界。

他在《诗的格律》一文中说："这首诗从第一行'这是/一沟/绝望的/死水'起，以后每一行都是用三个'二字尺'和一个'三字尺'构成的，所以每行的字数也是一样多。结果，我觉得这首诗是我第一次在音节上最满意的试验。"九言体的《死水》，实际上是一首颇具象征意味的诗。"死水"的意象，象征当时中国极其糟糕的现实，这里是藏污纳垢，"清风吹不起半点漪沦"的去处，如果没有偶尔的蛙声，便只剩下一片死寂。"死水"而又加上"绝望"，诗人是极度愤慨的。但是这并不意味着诗人真正绝望的情绪，朱自清在《闻一多全集·序》中说："这不是'恶之花'的赞颂，而是索性让'丑恶'早些'恶贯满盈'，'绝望'里才有希望。"《死水》中的诗作想象奇诡，结构严谨，形式整齐，音节和谐，比喻繁丽，讲究炼字炼句，是一部真正圆熟的新诗集，也是闻一多对中国新诗发展做出的重要贡献。

抗战开始后，北大、清华、南开三校在长沙组成临时大学，闻一多当时正在武汉休假，时任清华大学校长的梅贻琦写信给闻一多，请他放弃休假前往长沙临时大学任教。闻一多收信后，立刻放弃休假并动身去了长沙。由此也可以看出闻一多具有的、抗战时期中国知识分子表现出的优秀品质——与国家同甘共苦。南京失守后，长沙临时大学西迁昆明，闻一多与部分师生选择徒步从长沙到昆明，在途中，闻一多拿起画笔，留下了许多珍贵的画作。到昆明后，闻一多在西南联大教书，随着国民党的统治日益专制与腐败，追求民主与自由生活的闻一多自然对此持有反感的情绪和态度。1944年，闻一多加入中国民主同盟。他对于民盟的工作非常积极，还动员自己所了解的朋友和学生加入，同时他也对民主运动表现出了很高的热情。1946年7月15日，在李公朴遭暗杀后的治丧会上，闻一多是主持人，发表《最后的演讲》，后在昆明西仓坡家附近被暗杀，时年不到48岁。

闻一多是值得我们铭记的名字，这不仅仅是因为他对中国现代文学乃至诗学所做出的重要贡献，更在于他对底层民众悲苦的共情之心，对所处黑暗时代的奋起反击，直至献出自己的生命。从一位学者、诗人到一名战士的身份转变，闻一多为我们诠释了伟大的心灵世界。

闻一多

Wen
Yi
Duo

关于诗

口　供

我不骗你，我不是什么诗人，
纵然我爱的是白石的坚贞，
青松和大海，鸦背驮着夕阳，
黄昏里织满了蝙蝠的翅膀。
你知道我爱英雄，还爱高山，
我爱一幅国旗在风中招展，
自从[1]鹅黄到古铜色的菊花。
记着我的粮食是一壶苦茶！

可是还有一个我，你怕不怕？——
苍蝇似的思想，垃圾桶里爬。

---

①“自从”最初发表时写作“那从”。

（大家诗歌典藏馆　提供）

闻一多像。

闻一多，湖北浠水人，生于1899年11月24日。闻一多出生时，家里为他起名亦多，族名家骅，字益善，号友山、友三。和许多旧式读书人一样，他的名与字、号也出自治世经典。他的名字来源于《论语》中的《季氏篇》，“益者三友”，“友直、友谅、友多闻”。父母对这个新生儿寄托了光宗耀祖的希望，所以送孩子入学读书时，就用了“闻多”两字，“一多”之名是闻一多后来自己改的。

收　回

那一天只要命运肯放我们走！
不要怕；虽然得走过一个黑洞，
你大胆的走；让我搀着你的手；
也不用问哪里来的一阵阴风。

只记住了我今天的话，留心那
一掬温存，几朵吻，留心那几炷笑，
都给拾起来，没有差；
——记住我的话，
拾起来，还有珊瑚色的一串心跳。

可怜今天苦了你——心渴望着心——
那时候该让你拾，拾一个痛快，
拾起我们今天损失了的黄金。
那斑烂的残瓣，都是我们的爱，

拾起来，戴上。

你戴着爱的圆光，

我们再走，管他是地狱，是天堂！

“你指着太阳起誓”

你指着太阳起誓，叫天边的寒雁[1]
说你的忠贞。好了，我完全相信你，
甚至热情开出泪花，我也不诧异。
只是你要说什么海枯，什么石烂……
那便笑得死我。这一口气的工夫
还不够我陶醉的？还说什么“永久”？
爱，你知道我只有一口气的贪图，
快来箍紧我的心，快！啊，你走，你走……

我早算就了你那一手——也不是变卦——
“永久”早许给了别人，秕糠是我的份，
别人得的才是你的菁华——不坏的千春。

①原作皃雁，据作者编选的《现代诗抄》改作“寒雁”。

你不信？假如一天死神拿出你的花押，
你走不走？去去！去恋着他的怀抱，
跟他去讲那海枯石烂不变的贞操！

什么梦？

一排雁字仓皇的渡过天河，
寒雁的哀呼从她心里穿过，
“人啊，人啊”她叹道，
“你在哪里，在哪里叫着我？”

黄昏拥着恐怖，直向她进逼，
一团剧痛沉淀在她的心里，
“天啊，天啊”她叫道，
“这到底，到底是什么意义？”

道是那样长，行程又在夜里，
她站在生死的门限上犹夷，
“烦闷，烦闷”她想道，
“我将永远，永远结束了你！”
决断写在她脸上，——决断的从容，……

闻一多在清华读书期间担任《清华周刊》的编辑。

闻一多在清华一直参与《清华周刊》的工作。闻一多在去美国之前，已经在《清华周刊》经过了多年训练。梁实秋说：“提起《清华周刊》，那也是值得回忆的事。我不知哪一个学校可以维持出版一种百八十页的周刊，历久而不停，里面有社论有专文有新闻有通讯有文艺。”

天知道，我真说不出的心慌！

我却吞下了悲哀，叫她一声，
“快拿我的三弦来，快呀快！
这只破鼓也忒嫌闹了，我要
那弦子弹出我的歌儿来。”

我先弹着一群白鸽在霜林里，
珊瑚爪儿踩着黄叶一堆；
然后你听那秋虫在石缝里叫，
忽然又变了冷雨洒着柴扉。

洒不尽的雨，流不完的泪，……
我叫声“娘子”！把弦子丢了，
“今天我们拿什么作歌来唱？
歌儿早已化作泪儿流了！

“怎么？怎么你也抬不起头来？
啊！这怎么办，怎么办！……

来！你来！我兜出来的悲哀，
得让我自己来吻它干。

“只让我这样呆望着你，娘子，
像窗外的寒蕉望着月亮，
让我只在静默中赞美你，
可是总想不出什么歌来唱。

“纵然是刀斧削出的连理枝，
你瞧，这姿势一点也没有扭。
我可怜的人，你莫疑我，
我原也不怪那挥刀的手。

“你不要多心，我也不要问，
山泉到了井底，还往哪里流？
我知道你永远起不了波澜，
我要你永远给我润着歌喉。

“假如最末的希望否认了孤舟，

假如你拒绝了我，我的船坞，
我战着风涛，日暮归来，
谁是我的家，谁是我的归宿？

“但是，娘子啊！在你的尊前，
许我大鼓三弦都不要用；
我们委实没有歌好唱，我们
既不是儿女，又不是英雄！”

清华园。

1912年夏天，闻一多的父亲闻廷政在湖北省教育司门前看到清华学校招生启事，招收四名15岁以下的高小学生入中等科一年级，入学后学费膳费全免，八年后公费送美国留学。父亲思想开明，认为清华教授的是近代科学文化知识，也可省家庭不少开销，因此决定为闻一多报名。

狼　狈[1]

假如流水上一抹斜阳
悠悠的来了，悠悠的去了；
假如那时不是我不留你，
那颗心不由我作主了。

假如又是灰色的黄昏
藏满了蝙蝠的翅膀；
假如那时不是我不念你，
那时的心什么也不能想。

假如落叶像败阵纷逃，
暗影在我这窗前睥睨；
假如这颗心不是我的了，
女人，教它如何想你？

假如秋夜也这般的寂寥……

嘿！这是谁在我耳边讲话？

这分明不是你的声音，女人；

假如她偏偏要我降她。

---

①本书选取该诗是收入《死水》时的版本，与最初的版本有较大改动。

你莫怨我

你莫怨我！
这原来不算什么，
人生是萍水相逢，
让他萍水样错过。
你莫怨我！

你莫问我！
泪珠在眼边等着，
只须你说一句话，
一句话便会碰落，
你莫问我！

你莫惹我！
不要想灰上点火。
我的心早累倒了，

最好是让它睡着！
你莫惹我！

你莫碰我！
你想什么，想什么？
我们是萍水相逢，
应得轻轻的错过。
你莫碰我！

你莫管我！
从今加上一把锁；
再不要敲错了门，
今回算我撞的祸，
你莫管我！

你　看

你看太阳像眠后的春蚕一样，
镇日吐不尽黄丝似的光芒；
你看负暄的红襟在电杆梢上，
酣眠的锦鸭泊在老柳根旁。

你眼前又陈列着青春的宝藏，
朋友们，请就在这眼前欣赏；
你有眼睛请再看青山的峦障，
但莫向那山外探望你的家乡。

你听那枝头颂春的梅花雀，
你得揩干眼泪，和他一只歌。
朋友，乡愁最是个无情的恶魔，
他能教你眼前的春光变作沙漠。

清华学堂。

闻一多的初试成绩平平，但一篇《多闻阙疑》的作文得到考官的赞赏，并“以此获选”。凭着这篇作文，闻一多获得备取第一名，取得了复试资格。复试在北京举行，闻一多在应考的鄂籍学生中脱颖而出，名列第一。

你看春风解放了冰镇的寒溪，
半溪白齿琮琮的漱着涟漪，
细草又织就了釉釉的绿意，
白杨枝上招展着么小的银旗。

朋友们，等你看到了故乡的春，
怕不要老尽春光老尽了人？
呵，不要探望你的家乡，朋友们，
家乡是个贼，他能偷去你的心！

也许（葬歌）

也许你真是哭得太累，
也许，也许你要睡一睡，
那么叫苍鹭不要咳嗽。
蛙不要号，蝙蝠不要飞，

不许阳光拨你的眼帘，
不许清风刷上你的眉，
无论谁都不能惊醒你，
我吩咐山灵保护你睡。

也许你听着蚯蚓翻泥，
听那细草的根儿吸水，
也许你听这般的音乐，
比那咒骂的人声更美；

那么你先把眼皮闭紧，
我就让你睡，我让你睡，
我把黄土轻轻盖着你，
我叫纸钱儿缓缓的飞。

忘掉她

忘掉她，像一朵忘掉的花，——
那朝霞在花瓣上，
那花心的一缕香——
忘掉她，像一朵忘掉的花！

忘掉她，像一朵忘掉的花！
像春风里一出梦，
像梦里的一声钟，
忘掉她，像一朵忘掉的花！

忘掉她，像一朵忘掉的花！
听蟋蟀唱得多好，
看墓草长得多高；
忘掉她，像一朵忘掉的花！

忘掉她，像一朵忘掉的花！
她已经忘记了你，
她什么都记不起；
忘掉她，像一朵忘掉的花！

忘掉她，像一朵忘掉的花！
年华那朋友真好，
他明天就教你老；
忘掉她，像一朵忘掉的花！

忘掉她，像一朵忘掉的花！
如果是有人要问，
就说没有那个人；
忘掉她，像一朵忘掉的花！

忘掉她，像一朵忘掉的花！
像春风里一出梦，
像梦里的一声钟，
忘掉她，像一朵忘掉的花！

闻一多结婚时的个人留影。

1922年2月，闻一多遵从父母之命，在即将出国留学之时，和姨表妹高孝贞（后来改名高真）结婚。这桩婚姻是双方父母在他们童年时包办的。闻一多对妻子的情况并不了解，他在信里说自己结婚是心甘情愿为老人牺牲。

泪 雨

他在那生命的阳春时节，
曾流着号饥号寒的眼泪；
那原是舒生解冰的春霖，
却也兆征了生命的哀悲。

他少年的泪是连绵的阴雨，
暗中浇熟了酸苦的黄梅；
如今黑云密布，雷电交加，
他的泪像夏雨一般的滂沛。

中途的怅惘，老大的蹉跎，
他知道中年的苦泪更多，
中年的泪定似秋雨淅沥，
梧桐叶上敲着永夜的悲歌。

谁说生命的残冬没有眼泪？
老年的泪是悲哀的总和；
他还有一掬结晶的老泪，
要开作漫天愁人的花朵。

末　日①

露水在笕筒里哽咽着，
芭蕉的绿舌头舐着玻璃窗，
四围的垩壁都往后退，
我一人填不满偌大一间房。

我心房里烧上一盆火，
静候着一个远道的客人来，
我用蛛丝鼠矢喂火盆，
我又用花蛇的鳞甲代劈柴。

鸡声直催，盆里一堆灰，
一股阴风偷来摸着我的口，
原来客人就在我眼前，
我眼皮一闭，就跟着客人走。

①本诗选取收入诗集《死水》中的版本，与最初的版本有较大改动。

死 水

这是一沟绝望的死水，
清风吹不起半点漪沦。
不如多扔些破铜烂铁，
爽性泼你的剩菜残羹。

也许铜的要绿成翡翠，
铁罐上锈出几瓣桃花；
再让油腻织一层罗绮，
霉菌给他蒸出些云霞。

让死水酵成一沟绿酒，
漂满了珍珠似的白沫；
小珠们笑声变成大珠[①]，
又被偷酒的花蚊咬破。

那么一沟绝望的死水，
也就夸得上几分鲜明。
如果青蛙耐不住寂寞，
又算死水叫出了歌声。

这是一沟绝望的死水，
这里断不是美的所在，
不如让给丑恶来开垦，
看他造出个什么世界。

①此句原写作“小珠笑一声变成大珠”，今据作者编选的《现代诗抄》而修改为文中诗句。

芝加哥美术馆前的闻一多。

1922年7月，闻一多前往美国留学，他先到的是芝加哥美术学院。闻一多在美国只待了三年，按清华公派留学生的规定，公费是五年，还可以留学两年。但他却没有待到五年。梁实秋说：“一多是在无可奈何的情形之下到美国去的，他不是不喜欢美国，他是更喜欢中国。”

春　光

静得像入定了的一般，那天竹，
那天竹上密叶遮不住的珊瑚；
那碧桃；在朝暾里运气的麻雀。
春光从一张张的绿叶上爬过。
蓦地一道阳光晃过我的眼前，
我眼睛里飞出了万支的金箭，
我耳边又谣传着翅膀的摩声，
仿佛有一群天使在空中逻巡……

忽地深巷里迸出了一声清籁：
“可怜可怜我这瞎子，老爷太太！”

黄　昏

黄昏是一头迟笨的黑牛，
一步一步的走下了西山；
不许把城门关锁得太早，
总要等黑牛走进了城圈。

黄昏是一个神秘的黑牛，
不知他是那一界的神仙——
天天月亮要送他到城里，
一早太阳又牵上了西山。

我要回来

我要回来，
乘你的拳头像兰花未放，
乘你的柔发和柔丝一样，
乘你的眼睛里燃着灵光，
我要回来。

我没回来，
乘你的脚步像风中荡桨，
乘你的心灵像痴蝇打窗，
乘你笑声里有银的铃铛，
我没回来。

我该回来，
乘你的眼睛里一阵昏迷；
乘一口阴风把残灯吹熄，

乘一只冷手来掇走了你，
　　我该回来。

　　我回来了，
乘流萤打着灯笼照着你，
乘你的耳边悲啼着莎鸡，
乘你睡着了，含一口沙泥，
　　我回来了。

夜　歌

癞虾蟆抽了一个寒噤，
黄土堆里钻出个妇人，
妇人身旁找不出阴影，
月色却是如此的分明。

黄土堆里钻出个妇人，
黄土堆上并没有裂痕，
也不曾惊动一条蚯蚓，
或绷断蛸蟏一根网绳。

月光底下坐着个妇人，
妇人的面容好似青春，
猩红衫子血样的狰狞，
鬅松的散发披了一身。

（大家诗歌典藏馆　提供）

1928年1月，闻一多出版诗集《死水》。

《死水》的出版进一步奠定了他在中国诗坛上不可动摇的地位。《死水》也是他与诗坛的告别之作，此后，他基本上再没有写诗了。《死水》中有许多首传世佳作，具有很强的生命力。

妇人在号咷，捶着胸心，
癞虾蟆只是打着寒噤，
远村的荒鸡哇的一声，
黄土堆上不见了妇人。

心　跳

这灯光，这灯光漂白了的四壁；
这贤良的桌椅，朋友似的亲密；
这古书的纸香一阵阵的袭来；
要好的茶杯贞女一般的洁白；
受哺的小儿接呷在母亲怀里，
鼾声报道我大儿康健的消息……
这神秘的静夜，这浑圆的和平，
我喉咙里颤动着感谢的歌声。
但是歌声马上又变成了咒诅，
静夜！我不能，不能受你的贿赂。
谁希罕你这墙内尺方的和平！
我的世界还有更辽阔的边境。
这四墙既隔不断战争的喧嚣，
你有什么方法禁止我的心跳？
最好是让这口里塞满了沙泥，

如其它只会唱着个人的休戚！
最好是让这头颅给田鼠掘洞，
让这一团血肉也去喂着尸虫。
如果只是为了一杯酒，一本诗，
静夜里钟摆摇来的一片闲适，
就听不见了你们四邻的呻吟，
看不见寡妇孤儿抖颤的身影，
战壕里的痉挛，疯人咬着病榻，
和各种惨剧在生活的磨子下。
幸福！我如今不能受你的私贿，
我的世界不在这尺方的墙内。
听！又是一阵炮声，死神在咆哮。
静夜！你如何能禁止我的心跳？

一个观念

你隽永的神秘，你美丽的谎，
你倔强的质问，你一道金光，
一点亲密的意义，一股火，
一缕缥缈的呼声，你是什么？
我不疑，这因缘一点也不假，
我知道海洋不骗他的浪花。
既然是节奏，就不该抱怨歌。
呵，横暴的威灵，你降伏了我，
你降伏了我！你绚缦的长虹——
五千多年的记忆，你不要动，
如今我只问怎样抱得紧你……
你是那样的横蛮，那样美丽！

发　现

我来了，我喊一声，迸着血泪，
“这不是我的中华，不对，不对！”
我来了，因为我听见你叫我；
鞭着时间的罡风，擎一把火。
我来了，不知道是一场空喜。
我会见的是噩梦，哪里是你？
那是恐怖，是噩梦挂着悬崖，
那不是你，那不是我的心爱！
我追问青天，逼迫八面的风，
我问，拳头擂着大地的赤胸。
总问不出消息；我哭着叫你，
呕出一颗心来，你在我心里！

闻一多非常赞赏红烛不问收获，只问耕耘，燃烧自己，照亮世界的奉献精神，因而特作《红烛》一诗赞颂之。后来出版诗集时也用了这个名字。图为闻一多之子闻立鹏与夫人张同霞在浠水闻一多纪念馆序厅里绘制的巨幅壁画《红烛序曲》的局部。

祈　祷

请告诉我谁是中国人，
启示我，如何把记忆抱紧；
请告诉我这民族的伟大，
轻轻的告诉我，不要喧哗！

请告诉我谁是中国人，
谁的心里有尧舜的心，
谁的血是荆轲聂政的血，
谁是神农黄帝的遗孽。

告诉我那智慧来得神奇，
说是河马献来的馈礼；
还告诉我这歌声的节奏，
原是九苞凤凰的传授。

谁告诉我戈壁的沉默，
和五岳的庄严？又告诉我
泰山的石霤还滴着忍耐，
大江黄河又流着和谐？

再告诉我，那一滴清泪
是孔子吊唁死麟的伤悲？
那狂笑也得告诉我才好，——
庄周，淳于髡，东方朔的笑。

请告诉我谁是中国人，
启示我，如何把记忆抱紧；
请告诉我这民族的伟大，
轻轻的告诉我，不要喧哗！

一句话

有一句话说出就是祸，
有一句话能点得着火。
别看五千年没有说破，
你猜得透火山的缄默？
说不定是突然着了魔，
突然青天里一个霹雳，
爆一声：
“咱们的中国！”

这话叫我今天怎样说？
你不信铁树开花也可，
那么有一句话你听着：
等火山忍不住了缄默，
不要发抖，伸舌头，顿脚，
等到青天里一个霹雳，
爆一声：
“咱们的中国！”

荒　村

“……临淮关梁园镇间一百八十里之距离，已完全断绝人烟。汽车道两旁之村庄，所有居民，逃避一空。农民之家具木器，均以绳相连，沉于附近水塘稻田中，以避火焚。门窗俱无，中以棺材或石堵塞。一至夜间，则灯火全无。鸡犬豕等觅食野间，亦无人看守。而间有玫瑰芍药犹墙隅自开。新出稻秧，翠荡宜人。草木无知，其斯之谓欤?”

——民国十六年五月十九日《新闻报》

他们都上哪里去了？怎么
虾蟆蹲在甑上，水瓢里开白莲；
桌椅板凳在田里堰里飘着；
蜘蛛的绳桥从东屋往西屋牵?
门框里嵌棺材，窗棂里镶石块!
这景象是多么古怪多么惨!

镰刀让它锈着快锈成了泥，
抛着整个的鱼网在灰堆里烂。
天呀！这样的村庄都留不住他们！
玫瑰开不完，荷叶长成了伞；
秧针这样尖，湖水这样绿，
天这样青，鸟声像露珠样圆。
这秧是怎样绿的，花儿谁叫红的？
这泥里和着谁的血，谁的汗？
去得这样的坚决，这样的脱洒，
可有什么苦衷，许了什么心愿？
如今可有人告诉他们：这里
猪在大路上游，鸭往猪群里钻，
雄鸡踏翻了芍药，牛吃了菜——
告诉他们太阳落了，牛羊不下山，
一个个的黑影在岗上等着，
四合的峦嶂龙蛇虎豹一般，
它们望一望，打了一个寒噤，
大家低下头来，再也不敢看：
（这也得告诉他们）它们想起往常

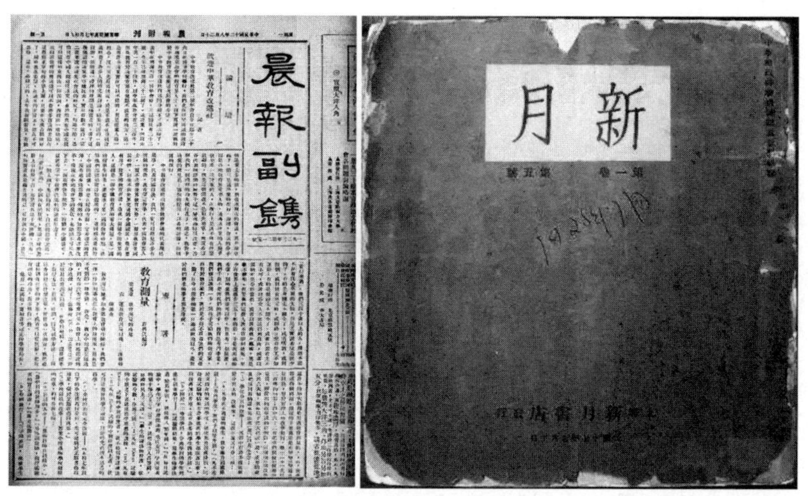

1926年，闻一多、徐志摩等人组建新月诗社，并创立《晨报》副刊《诗镌》，闻一多担任编辑。他和朱湘、饶孟侃、杨世恩、刘梦苇等利用这块园地倡导格律诗，为新诗理论的发展与实践做出了很大的贡献。

暮寒深了，白杨在风里颤，
那时只要站在山头嚷一句，
山路太险了，还有主人来搀；
然后笛声送它们踏进栏门里，
那稻草多么香，屋子多么暖！
它们想到这里，滚下了一滴热泪，
大家挤作一堆，脸偎着脸……
去！去告诉它们主人，告诉他们，
什么都告诉他们，什么也不要瞒！
叫他们回来！叫他们回来！
问他们怎么自己的牲口都不管？
他们不知道牲口是和小儿一样吗？
可怜的畜生它们多么没有胆！
喂！你报信的人也上哪里去了？
快去告诉他们——告诉王家老三，
告诉周大和他们兄弟八个，
告诉临淮关一带的庄家汉，
还告诉那红脸的铁匠老李，
告诉独眼龙，告诉徐半仙，

告诉黄大娘和满村庄的妇女——

告诉他们这许多的事，一件一件。

叫他们回来，叫他们回来！

这景象是多么古怪多么惨！

天呀！这样的庄留不住他们；

这样一个桃源，瞧不见人烟！

罪　过

老头儿和担子摔一交，
满地是白杏儿红樱桃。
老头儿爬起来直哆嗦，
“我知道我今日的罪过！”
“手破了，老头儿你瞧瞧。”
“唉！都给压碎了，好樱桃！”
“老头儿你别是病了罢？
你怎么直楞着不说话？”
“我知道我今日的罪过，
一早起我儿子直催我。
我儿子躺在床上发狠，
他骂我怎么还不出城。”

“我知道今日个不早了，

没有想到一下子睡着了。
这叫我怎么办，怎么办？
回头一家人怎么吃饭？”
老头拾起来又掉了，
满地是白杏儿红樱桃。

天安门

好家伙！今日可吓坏了我！
两条腿到这会儿还哆嗦。
瞧着，瞧着，都要追上来了，
要不，我为什么要那么跑？
先生，让我喘口气，那东西，
你没有瞧见那黑漆漆的，
没脑袋的，蹶腿的，多可怕，
还摇晃着白旗儿说着话。
这年头真没法办，你问谁？
真是人都办不了，别说鬼。
还开会啦，还不老实点儿！
你瞧，都是谁家的小孩儿，
不才十来岁儿吗？干吗的？
脑袋瓜上不是使枪扎的？
先生，听说昨日又死了人，

图为闻一多（左）、顾毓琇（中）、潘光旦（右）在潘宅。

1927年7月1日闻一多与来到上海的朋友凑在一起创办新月书店，胡适为董事长，闻一多、徐志摩、梁实秋等都是董事。闻一多为朋友们的书画了不少封面和插图，为新月书店画了一些书籍环衬。

管包死的又是傻学生们。
这年头儿也真有那怪事，
那学生们有的喝，有的吃，——
咱二叔头年死在杨柳青，
那是饿的没法儿去当兵，——
谁拿老命白白的送阎王！
咱一辈子没撒过谎，我想
刚灌上俩子儿油，一整勺，
怎么走着走着瞧不见道。
怨不得小秃子吓掉了魂，
劝人黑夜里别走天安门。
得！就算咱拉车的活倒霉，
赶明日北京满城都是鬼！

飞毛腿

我说飞毛腿那小子也真够别扭，
管包是拉了半天车得半天歇着，
一天少了说也得二三两白干儿，
醉醺醺的一死儿拉着人谈天儿。
他妈的谁能陪着那个小子混呢？
“天为啥是蓝的？”没事他该问你。
还吹他妈什么箫，你瞧那副神儿，
窝着件破棉袄，老婆的，也没准儿，
再瞧他擦着那车上的俩大灯罢，
擦着擦着问你曹操有多少人马。
成天儿车灯把且擦且不完啦，
我说“飞毛腿你怎不擦擦脸啦？”
可是飞毛腿的车擦得真够亮的，
许是得擦到和他那心地一样的！
那天河里漂着飞毛腿的尸首，……
飞毛腿那老婆死得太不是时候。

洗衣歌

洗衣是美国华侨最普通的职业。因此留学生常常被人问道："你的爸爸是洗衣裳的吗?"许多人忍受不了这侮辱，然而洗衣的职业确乎含着一点神秘的意义，至少我曾经这样的想过，作洗衣歌。

（一件，两件，三件，）
洗衣要洗干净！
（四件，五件，六件，）
熨衣要熨得平！

我洗得净悲哀的湿手帕，
我洗得白罪恶的黑汗衣，
贪心的油腻和欲火的灰……
你们家里一切的脏东西，
交给我洗，交给我洗。

铜是那样臭，血是那样腥，
脏了的东西你不能不洗，
洗过了的东西还是得脏，
你忍耐的人们理它不理？
替他们洗！替他们洗！

你说洗衣的买卖太下贱，
肯下贱的只有唐人不成？
你们的牧师他告诉我说：
耶稣的爸爸做木匠出身，
你信不信？你信不信？

胰子白水耍不出花头来，
洗衣裳原比不上造兵舰。
我也说这有什么大出息——
流一身血汗洗别人的汗？
你们肯干？你们肯干？

年去年来一滴思乡的泪，

半夜三更一盏洗衣的灯……
下贱不下贱你们不要管，
看那里不干净那里不平，
问支那人，问支那人。

我洗得净悲哀的湿手帕，
我洗得白罪恶的黑汗衣，
贪心的油腻和欲火的灰，
你们家里一切的脏东西，
交给我洗，交给我洗，

（一件，两件，三件，）
洗衣要洗干净！
（四件，五件，六件，）
熨衣要熨得平！

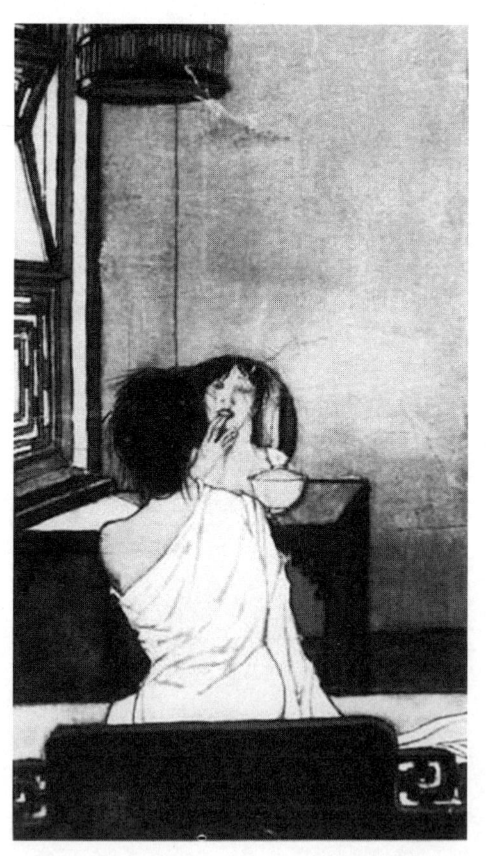

1927年闻一多为潘光旦著作《冯小青》所绘的水彩画插图《对镜》。

“四一二”政变后，吴淞政治大学被查封，闻一多“失业”了。闲居在潘光旦家中的他，百无聊赖，只好以绘画等消磨时光。主要为潘光旦等朋友的书画画封面和插图。

闻一多先生的书桌

忽然一切的静物都讲话了，
忽然间书桌上怨声腾沸：
墨盒呻吟道“我渴得要死！”
字典喊雨水渍湿了他的背；

信笺忙叫道弯痛了他的腰；
钢笔说烟灰闭塞了他的嘴，
毛笔讲火柴烧秃了他的须，
铅笔抱怨牙刷压了他的腿；

香炉咕喽着“这些野蛮的书
早晚定规要把你挤倒了！”
大钢表叹息快睡锈了骨头；
“风来了！风来了！”稿纸都叫了；

笔洗说他分明是盛水的，
怎么吃得惯臭辣的雪茄灰；
桌子怨一年洗不上两回澡，
墨水壶说“我两天给你洗一回。”

“什么主人？谁是我们的主人?”
一切的静物都同声骂道，
“生活若果是这般的狼狈，
倒还不如没有生活的好!”

主人咬着烟斗迷迷的笑，
“一切的众生应该各安其位。
我何曾有意的糟蹋你们，
秩序不在我的能力之内。”

红　烛

"蜡炬成灰泪始干"

——李商隐

红烛啊!
这样红的烛!
诗人啊!
吐出你的心来比比,
可是一般颜色?

红烛啊!
是谁制的蜡——给你躯体?
是谁点的火——点着灵魂?
为何更须烧蜡成灰,
然后才放光出?

一误再误；
矛盾！冲突！

红烛啊！
不误，不误！
原是要“烧”出你的光来——
这正是自然底方法。

红烛啊！
既制了，便烧着！
烧罢！烧罢！
烧破世人底梦，
烧沸世人底血——
也救出他们的灵魂，
也捣破他们的监狱！

红烛啊！
你心火发光之期，
正是泪流开始之日。

红烛啊！

匠人造了你，

原是为烧的。

既已烧着，

又何苦伤心流泪？

哦！我知道了！

是残风来侵你的光芒，

你烧得不稳时，

才着急得流泪！

红烛啊！

流罢！你怎能不流呢？

请将你的脂膏，

不息地流向人间，

培出慰藉的花儿，

结成快乐底果子！

红烛啊！

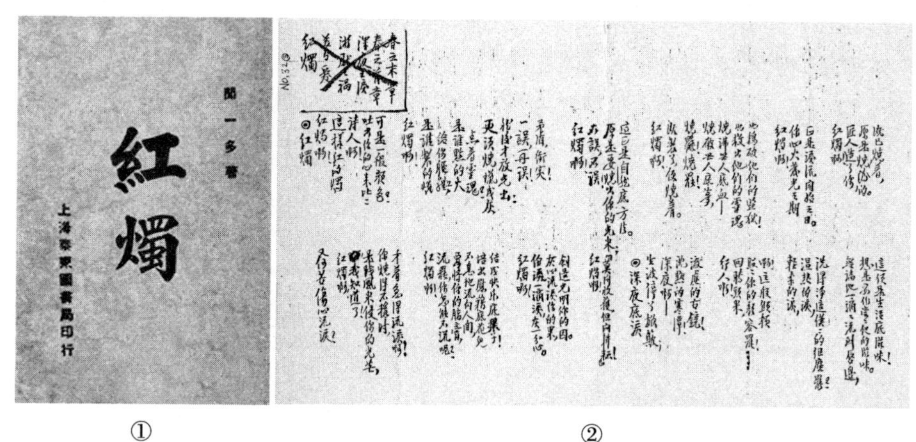

① ②

（大家诗歌典藏馆　提供）

①1923年9月，在梁实秋和郭沫若的帮助下，上海泰东图书局出版了闻一多的第一本诗集——《红烛》。闻一多出版《红烛》，一是想通过出版诗集能在经济上有所收益；二是尽快在文坛上立足。他说：“我在文坛只求打出一条道来。”他的更大希望也只是以后能在诗坛有大作为，因为他已“做了个名声出去”。

②闻一多手迹。

你流一滴泪，灰一分心。
灰心流泪你的果，
创造光明你的因。

红烛啊！
“莫问收获，但问耕耘。”

幻中之邂逅

太阳落了，责任闭了眼睛，
屋里朦胧的黑暗凄酸的寂静，
钩动了一种若有若无的感情，
——快乐和悲哀之间的黄昏。

仿佛一簇白云，濛濛漠漠，
拥着一只素氅朱冠的仙鹤——
在方才淌进的月光里浸着，
那娉婷的模样就是她么？

我们都还没吐出一丝儿声响；
我刚才无心地碰着她的衣裳，
许多的秘密，便同奔川一样，
从这摩触中不歇地冲洄来往。

忽地里我想要问她到底是谁，

抬起头来……月在哪里？人在哪里？

从此狰狞的黑暗，咆哮的静寂，

便扰得我辗转空床，通夜无睡。

花儿开过了

花儿开过了，果子结完了；
一春底香雨被一夏的骄阳炙干了，
一夏底荣华被一秋的馋风扫尽了。
如今败叶枯枝，便是你的余剩了。

天寒风紧，冻哑了我的心琴；
我惯唱的颂歌如今竟唱不成。
但是，且莫伤心，我的爱，
琴弦虽不鸣了，音乐依然在。

只要灵魂不灭，记忆不死，纵使
你的荣华永逝（这原是没有的事），
我敢说那已消的春梦的余痕，
还永远是你我的生命的生命！

况且永继的荣华，顿刻的凋落——
两两相形，又算得了些什么？
今冬底假眠，也不过是明春底
更烈的生命所必需的休息。

所以不怕花残，果烂，叶败，枝空，
那缜密的爱底根网总不一刻放松；
他总是绊着，抓着，咬着我的心，
他要抽尽我的生命供给你的生命！

爱啊！上帝不曾因青春的暂退，
就要将这个世界一齐捣毁，
我也不曾因你的花儿暂谢，
就敢失望，想另种一朵来代他！

武汉大学校园里的闻一多塑像（作者王福增，题字李先念）。

时任武汉大学校长的王世杰邀请闻一多到武汉大学担任文学院院长兼中文系主任，闻一多答应下来，便由南京去到武昌。闻一多的中国文学研究就是从这一时期开始的。这一转变对闻一多来说是一个大变化，因为他过去过的是诗人的自由生活，而现在要沉下心来做研究了。

死

啊！我的灵魂底灵魂！
我的生命底生命，
我一生底失败，一生底亏欠，
如今要都在你身上补足追偿，
但是我有什么
可以求于你的呢？

让我淹死在你眼睛底汪波里！
让我烧死在你心房底熔炉里！
让我醉死在你音乐底琼醪里！
让我闷死在你呼吸底馥郁里！

不然，就让你的尊严羞死我！
让你的酷冷冻死我！
让你那无情的牙齿咬死我！

让那寡恩的毒剑螯死我！

你若赏给我快乐，
我就快乐死了；
你若赐给我痛苦，
我也痛苦死了；
死是我对你唯一的要求，
死是我对你无上的贡献。

忏 悔

啊！浪漫的生活啊！
是写在水面上的个“爱”字，
一壁写着，一壁没了；
白搅动些痛苦底波轮。

南京沦陷后，学校决定南迁。

闻一多参加湘黔滇旅行团，和同学们一起靠两只脚走完这段路程。图为1938年1月从长沙徒步前往昆明的旅行团，全体师生合影。蹲着的是闻一多，左一为李嘉言，左三为李继侗，左四为许维遹，左五为旅行团指导委员会主席黄钰生，右二为吴征镒，右三为曾昭抡。

孤　雁

不幸的失群的孤客！
谁教你抛弃了旧侣，
拆散了阵字，
流落到这水国的绝塞，
拚着寸磔的愁肠，
泣诉那无边的酸楚？

啊！从那浮云底密幕里，
迸出这样的哀音，
这样的痛苦！这样的热情！

孤寂的流落者！
不须叫喊得哟！
你那沉细的音波，

在这大海底惊雷里，

还不值得那涛头上

溅破的一粒浮沤呢！

可怜的孤魂啊！

更不须向天回首了。

天是一个无涯的秘密，

一幅蓝色的谜语，

太难了，不是你能猜破的。

也不须向海低头了。

这辱骂高天的恶汉，

他的咸卤的唾沫

不要渍湿了你的翅膀，

粘滞了你的行程！

流落的孤禽啊！

到底飞往哪里去呢？

那太平洋底彼岸，

可知道究竟有些什么？

啊！那里是苍鹰底领土——
那鸷悍的霸王啊！
他的锐利的指爪，
已撕破了自然底面目，
建筑起财力底窝巢。
那里只有钢筋铁骨的机械，
喝醉了弱者底鲜血，
吐出些罪恶底黑烟，
涂污我太空，闭熄了日月，
教你飞来不知方向，
息去又没地藏身啊！

流落的失群者啊！
到底要往哪里去？
随阳的鸟啊！
光明底追逐者啊！
不信那腥臊的屠场，
黑暗的烟灶，

1945年，摄于西南联大新校舍南区。

图为西南联大中文系五大著名教授。左起：朱自清、罗庚、罗常培、闻一多、王力。研究所只是一座单独的楼房，一人有一张书桌，有不少图书资料，这个环境在当时来说，基本算得上是个看书做学问的环境。诸位先生每天从早到晚静悄悄地伏案看书，写文章，搞研究，学术空气相当浓厚。

竟能吸引你的踪迹！

归来罢，失路的游魂！
归来参加你的伴侣，
补足他们的阵列！
他们正引着颈望你呢。

归来偃卧在霜染的芦林里，
那里有校猎的西风，
将茸毛似的芦花，
铺就了你的床褥
来温暖起你的甜梦。

归来浮游在温柔的港溆里，
那里方是你的浴盆。
归来徘徊在浪舐的平沙上，
趁着溶银的月色，
婆娑着戏弄你的幽影。

归来罢，流落的孤禽！
与其尽在这水国底绝塞，
拚着寸磔的愁肠，
泣诉那无边的酸楚，
不如棹翅回身归去罢！

啊！但是这不由分说的狂飙
挟着我不息地前进；
我脚上又带着了一封书信，
我怎能抛却我的使命，
由着我的心性，
回身棹翅归去来呢？

火 柴

这里都是君王底
樱桃艳嘴的小歌童：
有的唱出一颗灿烂的明星，
唱不出的，都折成两片枯骨。

1944年，闻一多在昆明西仓坡联大宿舍前。

1944年冬，西南联大在翠湖之滨西仓坡兴建的教职员工宿舍完工了。闻一多自从来到昆明，前八次都是租住人家的房子，唯独这次是住联大自己的房子，有一种好像终于回到自己家里一样的心情，他相当满意，在这里阅读了大量进步书报。

玄 思

在黄昏底沉默里，
从我这荒凉的脑子里，
常迸出些古怪的思想，
不伦不类的思想；

仿佛从一座古寺前的
尘封雨渍的钟楼里，
飞出一阵猜怯的蝙蝠，
非禽非兽的小怪物。

同野心的蝙蝠一样，
我的思想不肯只爬在地上，
却老在天空里兜圈子，
圆的，扁的，种种的圈子。

我这荒凉的脑子
在黄昏底沉默里，
常迸出些古怪的思想，
仿佛同些蝙蝠一样。

太阳吟

太阳啊，刺得我心痛的太阳！
又逼走了游子底一出还乡梦，
又加他十二个时辰的九曲回肠！

太阳啊，火一样烧着的太阳！
烘干了小草尖头底露水，
可烘得干游子底冷泪盈眶？

太阳啊，六龙骖驾的太阳！
省得我受这一天天底缓刑，
就把五年当一天跑完那又何妨？

太阳啊——神速的金乌——太阳！
让我骑着你每日绕行地球一周，

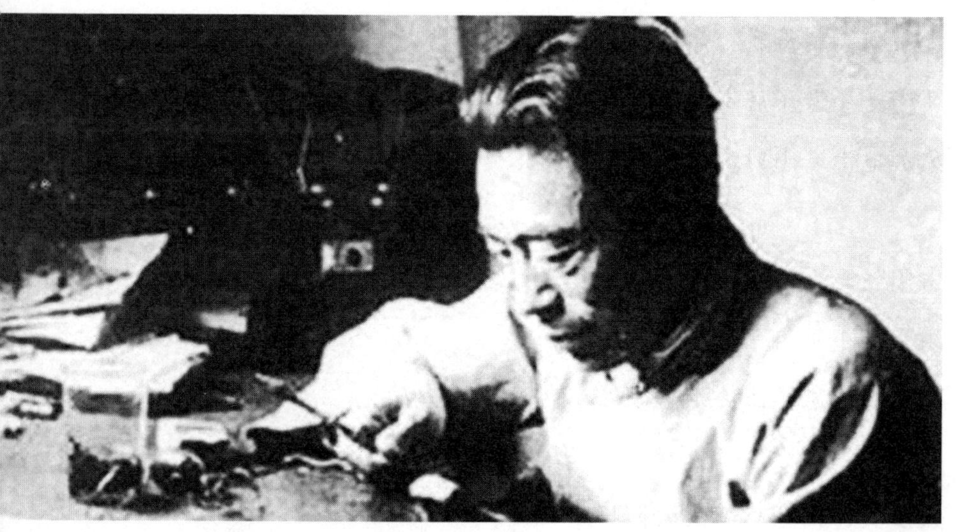

图为闻一多伏案精心刻印。

抗战中后期，闻一多一家生活几乎陷入绝境，不得不靠刻图章弥补收入不足。有了这条生路，闻一多一家的最低生活算是有了基本保证，只是闻一多很辛苦，劳动量大大增加，经常加夜班干。

也便能天天望见一次家乡！

太阳啊，楼角新升的太阳！
不是刚从我们东方来的吗？
我的家乡此刻可都依然无恙？

太阳啊，我家乡来的太阳！
北京城里底官柳裹上一身秋了罢？
唉！我也憔悴的同深秋一样！

太阳啊，奔波不息的太阳！
你也好像无家可归似的呢。
啊！你我的身世一样地不堪设想！

太阳啊，自强不息的太阳！
大宇宙许就是你的家乡罢。
可能指示我我底家乡底方向？

太阳啊，这不像我的山川，太阳！

这里的风云另带一般颜色，
这里鸟儿唱的调子格外凄凉。

太阳啊，生命之火的太阳！
但是谁不知你是球东半底情热，
同时又是[①]球西半底智光？

太阳啊，也是我家乡的太阳！
此刻我回不了我往日的家乡，
便认你为家乡也还得失相偿。

太阳啊，慈光普照的太阳！
往后我看见你时，就当回家一次；
我的家乡不在地下乃在天上！

---

①“同时又是”在最初发表时写作“谁不知又同时是”。

忆　菊

——重阳前一日作

插在长颈的虾青瓷的瓶里，
六方的水晶瓶里的菊花，
钻在紫藤仙姑篮里的菊花；
守着酒壶的菊花，
陪着螯盏的菊花；
未放，将放，半放，盛放的菊花。

镶着金边的绛色的鸡爪菊；
粉红色的碎瓣的绣球菊！
懒慵慵的江西腊哟；
倒挂着一饼蜂窠似的黄心，
仿佛是朵紫的向日葵呢。

长瓣抱心，密瓣平顶的菊花；
柔艳的尖瓣钻蕊的白菊

1944年冬，联大进步同学组织了悠悠体育会，利用寒假组织路南旅行团去游览以石林为中心的风景胜地。图为闻一多在昆明长湖之畔联欢会上。这张扭头回眸叼烟斗像，拍得非常成功，很有神韵，闻一多很满意，亲自做了个简易镜框挂在墙上，客人们看见都赞不绝口。后来，书刊报纸、印刷品上常常可以看见这样的头像。

如同美人底拳着的手爪，
拳心里攫着一撮儿金粟。

檐前，阶下，篱畔，圃心底菊花：
霭霭的淡烟笼着的菊花，
丝丝的疏雨洗着的菊花，——
金底黄，玉底白，春酿底绿，秋山底紫，……

剪秋萝似的小红菊花儿；
从鹅绒到古铜色的黄菊；
带紫茎的微绿色的“真菊”
是些小小的玉管儿缀成的，
为的是好让小花神儿
夜里偷去当了笙儿吹着。

大似牡丹的菊王到底奢豪些，
他的枣红色的瓣儿，铠甲似的，
张张都装上银白的里子了；
星星似的小菊花蕾儿

还拥着褐色的萼被睡着觉呢。

啊！自然美底总收成啊！
我们祖国之秋底杰作啊！
啊！东方底花，骚人逸士底花啊！
那东方底诗魂陶元亮
不是你的灵魂底化身罢？
那祖国底登高饮酒的重九
不又是你诞生底吉辰吗？

你不像这里的热欲的蔷薇，
那微贱的紫罗兰更比不上你。
你是有历史，有风俗的花。
啊！四千年的华胄底名花呀！
你有高超的历史，你有逸雅的风俗！

啊！诗人底花呀！我想起你，
我的心也开成顷刻之花，
灿烂的如同你的一样；

我想起你同我的家乡，
我们的庄严灿烂的祖国，
我的希望之花又开得同你一样。

习习的秋风啊！吹着，吹着！
我要赞美我祖国底花！
我要赞美我如花的祖国！
请将我的字吹成一簇鲜花，
金底黄，玉底白，春酿底绿，秋山底紫，……
然后又统统吹散，吹得落英缤纷，
弥漫了高天，铺遍了大地！

秋风啊！习习的秋风啊！
我要赞美我祖国底花！
我要赞美我如花的祖国！

西仓坡宿舍20号（从右向左数第四个门）。

闻一多一家1945年1月搬到这里居住。房屋全是土木结构，平房，条件简陋。不过，那个时代能有这样的房子住，已经很不错了。闻一多的房子大间是集书斋、客厅、卧室于一身的三合一房间，小间是饭厅。墙上挂了一副朱红底洒金对联：“遥看北斗挂南岳，常撞大吕应黄钟。”

废　园

一只落魄的蜜蜂，
像个沿门托钵的病僧，
游到被秋雨踢倒了的
一堆烂纸似的鸡冠花上，
闻了一闻，马上飞走了。

啊！零落底悲哀哟！
是蜂底悲哀？是花底悲哀？

小　溪

铅灰色的树影，
是一长篇噩梦，
横压在昏睡着的
小溪底胸膛上。
小溪挣扎着，挣扎着……
似乎毫无一点影响。

烂　果

我的肉早被黑虫子咬烂了。
我睡在冷辣的青苔上，
索性让烂的越加烂了，
只等烂穿了我的核甲，
烂破了我的监牢，
我的幽闭的灵魂
便穿着豆绿的背心，
笑迷迷地要跳出来了！

1946年5月4日西南联大宣布：学校正式结束，北大、清华、南开三校分别回到北平、天津，同学们根据自愿转入三校中任何一校，教师原来是哪个学校的仍回哪个学校。图为闻一多全家唯一的一张最全的全家福。左起：闻立鹏（三子）、闻一多、闻立鹤（长子）、高真（闻夫人）、闻惠羽（幼女）、闻名（长女）、赵妈（老保姆）、闻立雕（次子）。

色　彩

生命是张没价值的白纸，
自从绿给了我发展，
红给了我情热，
黄教我以忠义，
蓝教我以高洁，
粉红赐我以希望，
灰白赠我以悲哀；
再完成这帧彩图，
黑还要加我以死。

从此以后，
我便溺爱于我的生命，
因为我爱他的色彩。

红 豆

二一

深夜若是一口池塘，
这飘在他的黛漪上的
淡白的小菱花儿，
便是相思底花儿了。
哦！他结成青的，血青的，
有尖角的果子了！

三二

幽冷的星儿啊！
这般零乱的一团！
爱人儿啊！
我们的命运，

都摆布在这里了！

三八

你午睡醒来，
脸上印着红凹的簟纹，
怕是链子锁着的，
梦魂儿罢？
我吻着你的香腮，
便吻着你的梦儿了。

1946年7月15日，在李公朴先生的追悼会上发表《最后一次演讲》。

李公朴是著名的爱国七君子之一，长期从事爱国民主运动，在社会上有相当大的影响，惨遭反动派暗杀。在他的追悼会上，因为反动派搅扰，追悼会一度进行不下去。闻一多见状，大义凛然发表即席演讲，痛斥反动派的恶行，演讲获得长时间的热烈掌声。

奇　迹

我要的本不是火齐的红，或半夜里
桃花潭水的黑，也不是琵琶的幽怨，
蔷薇的香；我不曾真心爱过文豹的矜严，
我要的婉娈也不是任何白鸽所有的。
我要的本不是这些，而是这些的结晶，
比这一切更神奇得万倍的一个奇迹！
可是，这灵魂是真饿得慌，我又不能
让他缺着供养，那么，即便是秕糠，
你也得募化不是？天知道，我不是
甘心如此，我并非倔强，亦不是愚蠢，
我是等你不及，等不及奇迹的来临！
我不敢让灵魂缺着供养。谁不知道
一树蝉鸣，一壶浊酒，算得了什么，
纵提到烟峦，曙壑，或更璀璨的星空，

闻一多被害后，昆明举行李公朴、闻一多两位先生的追悼会。

从20世纪40年代许多自由主义知识分子的言论中，不难看出，两位先生对于当时中国之民主现状有着特别急迫的要求。他们遇难后，全国各地唁电、慰问信如雪花一样飞来，许多地方召开追悼会。郭沫若在悼念闻一多的文章中说：“中国人民是有翻身的一天的，到那时候李公朴和闻一多的铜像要满布天下。”

也只是平凡，最无所谓的平凡，犯得着
惊喜得没主意，喊着最动人的名儿，
恨不得黄金铸字，给妆在一支歌里？
我也说但为一阕莺歌便噙不住眼泪，
那未免太支离，太玄了，简直不值当。
谁晓得，我可不能不那样：这心是真
饿得慌，我不能不节省点，把藜藿
当作膏粱。
可也不妨明说，只要你——
只要奇迹露一面，我马上就抛弃平凡，
我再不瞅着一张霜叶梦想春花的艳，
再不浪费这灵魂的膂力，剥开顽石
来诛求白玉的温润，给我一个奇迹，
我也不再去鞭挞着“丑”，逼他要
那分背面的意义；实在我早厌恶了
那勾当，这附会也委实是太费解了。
我只要一个明白的字，舍利子似的闪着
宝光；我要的是整个的，正面的美。
我并非倔强，亦不是愚蠢，我不会看见

团扇，悟不起扇后那天仙似的人面。
那么
我便等着，不管等到多少轮回以后——
既然当初许下心愿时，也不知道是在多少
轮回以前——我等，我不抱怨，只静候着
一个奇迹的来临。总不能没有那一天，
让雷来劈我，火山来烧，全地狱翻起来
扑我，……害怕吗？你放心，反正罡风
吹不息灵魂的灯，愿这蜕壳化成灰烬，
不碍事，因为那——那便是我的一刹那，
一刹那的永恒——一阵异香，最神秘的
肃静，（日，月，一切星球的旋动早被
喝住，时间也止步了）最浑圆的和平……
我听见阊阖的户枢砉然一响，紫霄上
传来一片衣裙的綷縩——那便是奇迹——
半启的金扉中，一个戴着圆光的你！

朗读者

扫描

二维码

倾听

王杨为你

读诗

张开口，用方言、普通话，或者其他语言，一起读诗，发出内心最朴素的声音……

选读诗篇：

发现

死水

也许

一句话

诗抄

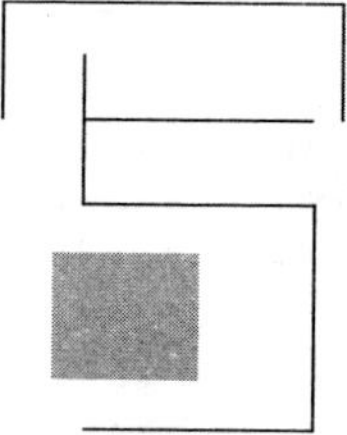

动动手，为自己、为他人、为内心写首诗吧！

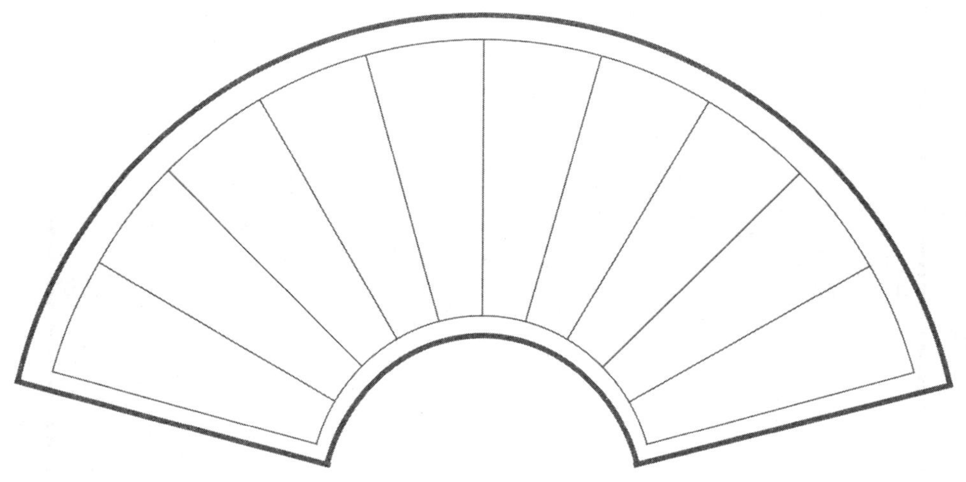

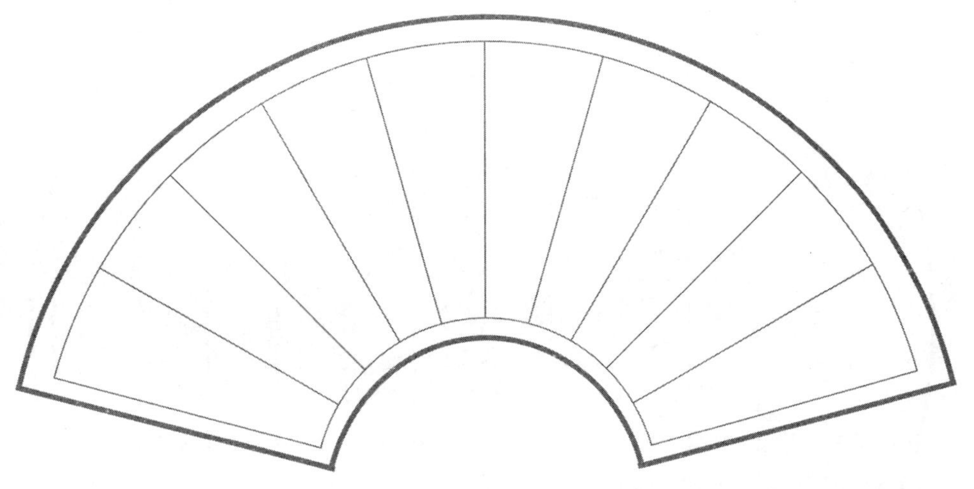

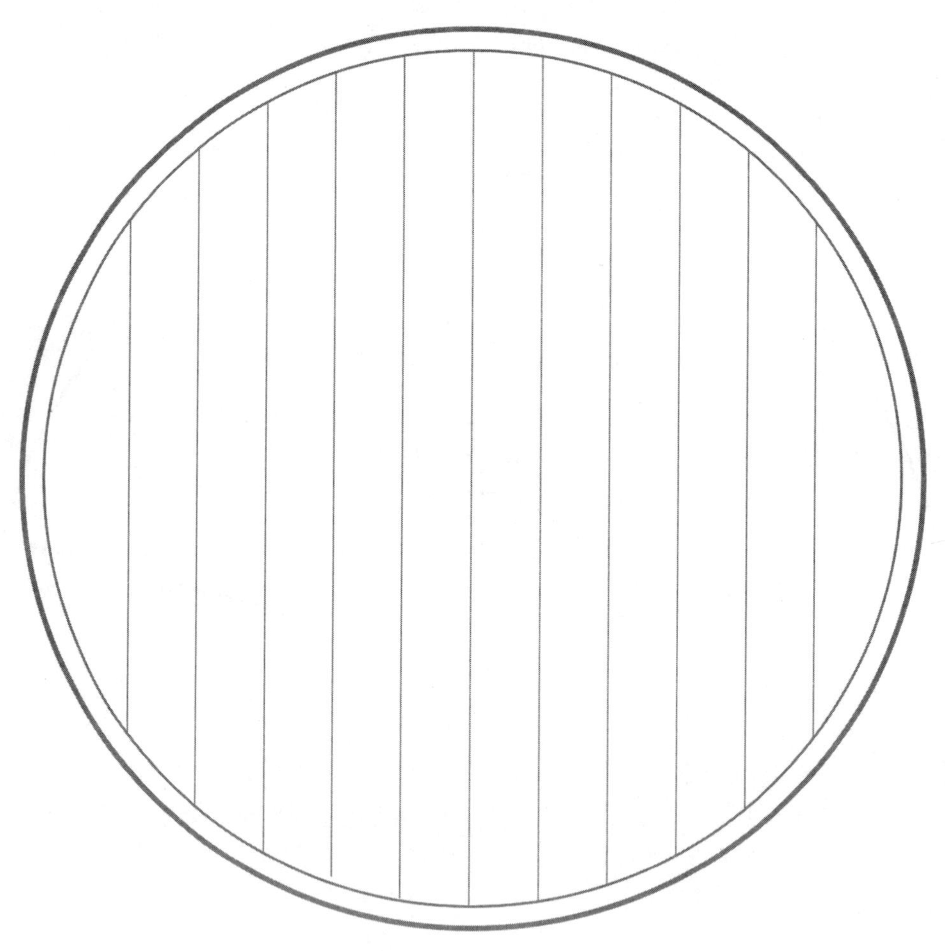

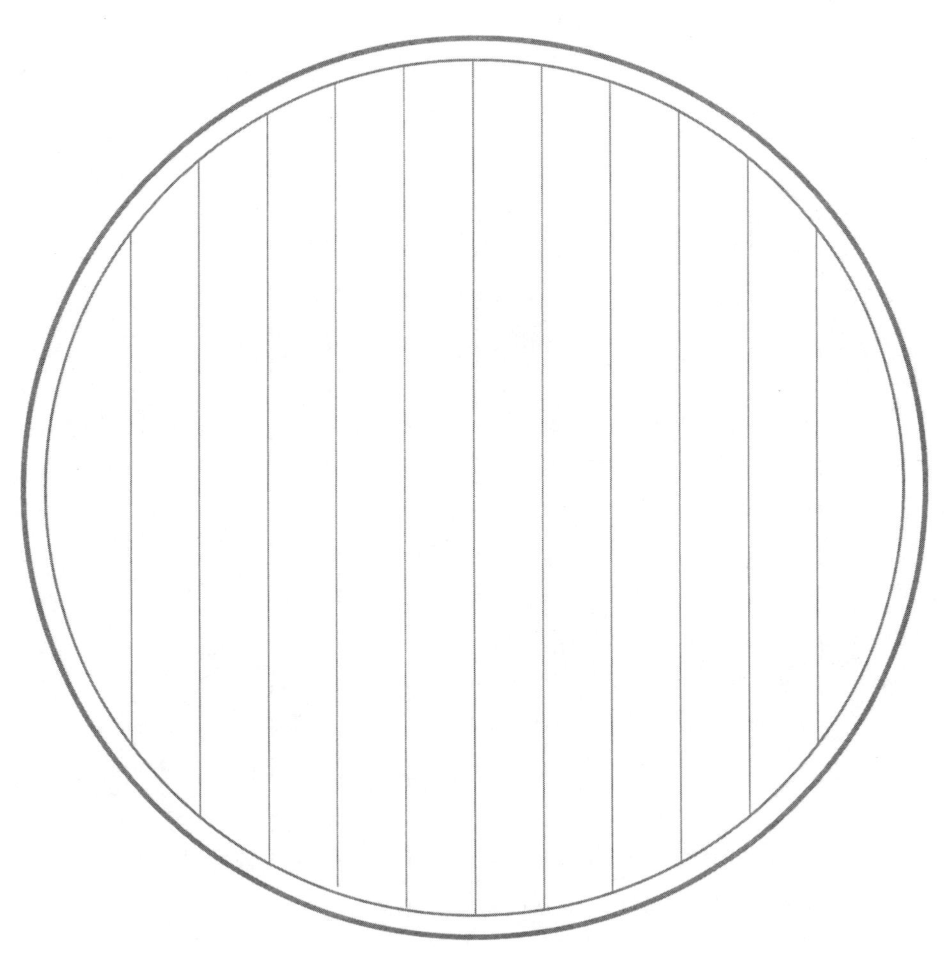

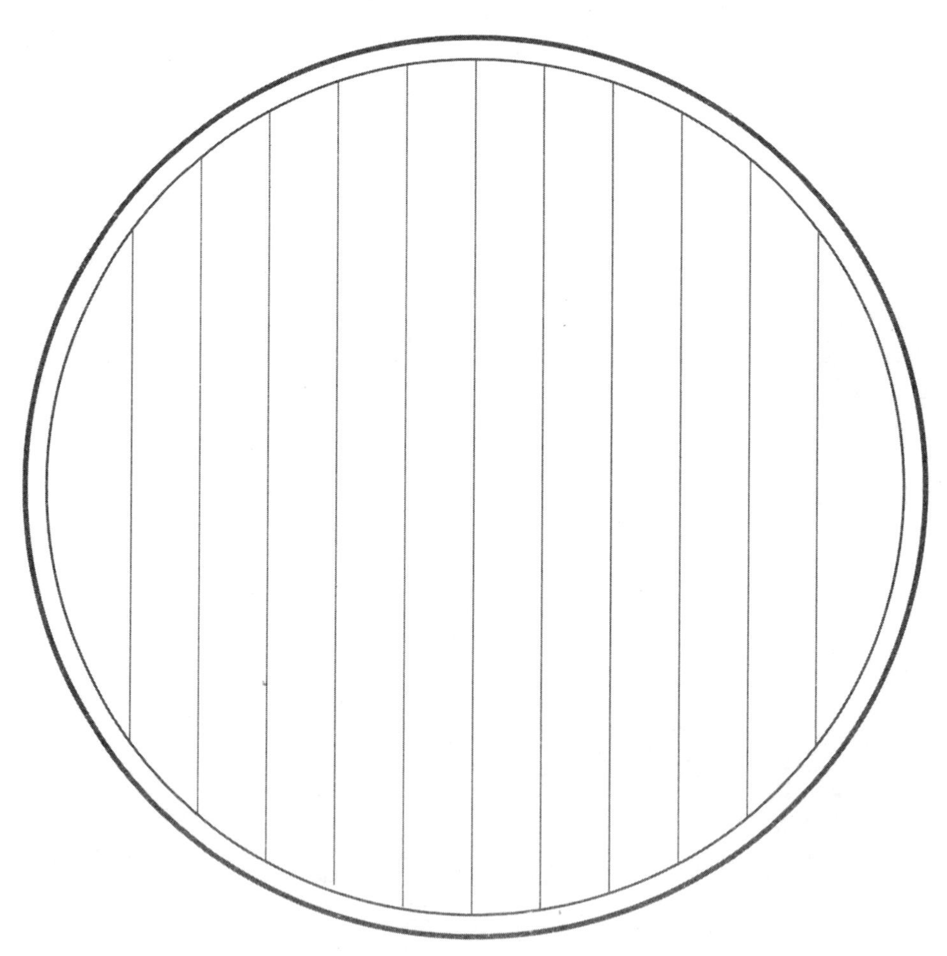